天窓紀行

tenmadokikou

短歌日記 2020

川野里子

Satoko Kawano

ふらんす堂

一月一日㈬

すずめ1すずめ2を呼びすずめ3膨らんだまま　謹賀新年

正月が来るというので玄関のあたりに目を凝らしていた子供の頃。たいていは私が眠った後、やってきたらしい。それにしても元日は一日中誰も来ない。しーんと静かで、不思議に何かが来た感じだけはある。

一月二日（木）

うれしいなうれしいなと子供ゆき破魔矢が一本通りゆく窓

正月には普段見かける子供がいなくなり、普段見かけない子供の姿がある。

一月三日(金)

真っ白な手帳ひらけば未来とははろばろとして死後に似てをり

母はよく手帳に○印をしていた。その印が何を指すのかはわからない。本人もわからなくなっていた。まあ何でも良かったのだろう。

一月四日㈯

くたびれた布団とくたびれきりし子の泥沼の愛　そろそろ起きよ

羽毛布団は古くなると羽毛が痩せて偏ってくる。光に透かすと疲れた難民のように塊になっている。もう誰も温められません、と。

一月五日 (日)

金目鯛ただいちど生まれ驚いて吾を見つめて見ひらいたまま

市場が開いた。

一月六日(月)

瞬間冷凍されし白さに富士ありぬ特急過ぎしホームのかなたに

お天気がいいとビルの間から遠くに見える富士。この駅を使ってもう二十年あまり。数回しか富士山を見ていない。私が見ないのか、富士が現れないのか。

一月七日㈫

ホッチキスの針を飛ばして見失ふパンドラの箱の中なりここは

一月三日、トランプ大統領がイランのソレイマニ司令官を空爆して殺害。イランの人々の怒りがテレビに今日も映される。見たことのない河のようだ。

一月八日（水）

鍵穴に鍵を挿すとき空き家にはおほきなさびしい耳ひとつある

実家に帰る。というか空き家に帰る。長いあいだ入院していた母が亡くなり、留守宅だった家は空き家になった。空き家と留守宅は何かが違う。

一月九日(木)

亀虫ひとつ畳に転がり死にてをりどこかへ行かむとしたるこの虫

空き家に帰るとまず掃除だ。掃除して、空き家の気配を追い出す。

一月十日㈮

生きのこりに死にぞこなひに死にわすれ名乗りて婆ちやんつぎつぎ現はる

新興住宅地だった坂道は、一軒おきに空き家が並ぶ。一軒おきにおばあちゃんが一人ずつ棲んでいる。挨拶回りも大事な仕事。

一月十一日(土)

よく晴れて祖母山《そぼさん》は全裸ふくふくと着膨れて吾はにんげんのまま

実家からは三方に山が見える。祖母山、阿蘇山、久住山。いつ見ても初めてのようにその姿に驚く。

一月十二日㈰

銭湯にまひるのひかり笑はせてくれた友亡くわたしは裸

Wが亡くなって故郷の空気が変わった気がする。

一月十三日(月)

変はらないね変はらないねと笑ひあひ変はりてゆけり友も私も

故郷に残っている友達は少ないけれど、ガソリンスタンドでよく逢う一人がいる。働き者の太い指をしたKちゃんとは幼稚園からずっと一緒だった。

一月十四日㈫

河馬のやうに目を閉ぢ時を止めてをり亡き母もそこに来てゐる陽だまり

母の三回忌。YouTubeでお経を流し、ご近所さんに集まってもらってイタリアンの仕出しを楽しむ。これでいい？　お母さん。

一月十七日㈮

帰りきて帰りゆくなり渡りするツグミにおほきな空といふ家

阿蘇山を右手に見て走る時は実家に帰るとき。左手に見る時は実家から帰るとき。どちらも帰る、だ。今日は良く晴れて左手に中岳がよく見える。熊本空港から飛行機に乗る。

一月十八日㈯

スカイツリー流木のやうな白さもて突つ立ちてをり
いづこから来し

東京。電車から見るスカイツリーは毎回表情が違う。大都市は人間が波のように寄せたり引いたりする海だ。四十年棲んでもいまだに馴れることがない。

一月十九日(日)

窓磨き鍋を磨けどほんたうにするべき仕事はなになる雀よ

〆切りが近づくと窓の汚れが気になる。鍋をピカピカにしたくなる。ついでに靴も磨くが、スッキリするどころか焦りはいよいよ極まる。私だけの悪癖かと思うが、歌友の幾人かがよく分かる、と言ってくれた。

一月二十日（月）

渚であるか山巓であるかうたた寝ゆ覚めて見廻す眩しきリビング

けふもいちにち風をあるいてきた　種田山頭火

一月二十一日㈫

アンドロメダ大星雲の隣なり落としたコインは澄みし音せり

落としたコインはどうしてあれほど素早く遠くまで転がっていくのだろう。美しい計算式に導かれてゆくコインの軌跡。吸い込まれるように自動販売機の下に消える。たぶんそのままブラックホールに繋がっているはずだ。

一月二十二日㈬

既読スルー未読スルーそして既読スルー息子の気配そこにあるなり

ちょっと昔、携帯で繋がる家族、なんてコマーシャルがあった。冗談でしょ、と思ったが、まもなく私の家族もそうなった。いやいやコマーシャルを舐めてはいけない。

一月二十三日㈭

銀行に順番待ちをしてをりぬこの静けさはお金動く音

番号札を貰って銀行の椅子で呼ばれるのを待つ。新札が欲しいだけなのだけど。呼ばれると「はい」と新入生のように返事をしてしまう。

一月二十四日㈮

雨雲の空を見あげてたちどまりかんがへてをり棒杭のごと

人類が二足歩行になったのは、ちょっと立ち止まって考えるためではなかろうか。四つん這いではたぶん、考えられない。寒いし曇天だ。鳥たちも、野良猫もひっそりしている。

一月二十五日（土）

葉書読みしばらく雨の音消ゆる近藤みゆき先生逝きたり驟雨

和泉式部の研究者である近藤みゆき先生が亡くなった。同世代の師であった。中世和歌の研究に新しい方法を拓き、大著『王朝和歌研究の方法』（笠間書院）を遺された。美しいブルーの本。

一月二十六日㈰

あちらで、こちらで、森ゆらゆらと燃えてをり燃え残るべきものを探して

森林火災が止まらないという。オーストラリアの森が、東南アジアの熱帯雨林が、燃えている。今後もっとたくさんの森林火災が起こるとも言う。

一月二十七日㈪

アブラヤシみゆるかぎりをぎらぎらと覆へる国土あぶらは哀し

マレーシア。飛行機の窓から見えた国土はアブラヤシの畑で覆われている。畑を縫って走る高速道路に乗り、滑るようにクアラルンプール着。巨大なショッピングモールが並び、ビルも人も上へ上へと伸びようとする。十八歳の時、初めて見た東京の空気はこんなだった。

一月二十八日(火)

モスクは光。女たちは影。わが触れてならぬ光のからみあふ窓

イスラム美術館。全身を布で覆った女性達が静かに美しいタイルや彫刻に見入っている。世界各地のモスクの模型が並ぶ部屋に、アルハンブラ宮殿の模型もある。

一月二十九日㈬

みしらぬ草みしらぬ国で食べてをり草食獣に生まれ変はりて

ベジタリアンのレストランでさまざまな野菜を食べる。香りも、味も、姿もさまざまな植物。蔓草のようなものを食み零しながらうっとりする。イスラムの店だから禁酒。

一月三十日㈭

ラフレシア奇怪なる花ここに咲き手を触れがたしわが裡の花

南国の植物のさまざまな形は美しく、奇っ怪で狂おしい。ラフレシアの聖地であるマレー半島だが、ラフレシアはめったに見ることができないという。

一月三十一日㈮

海峡にあまたの船はすれちがひ変態をせむ蛹のしづけさ

マラッカ海峡。海のシルクロードの要所は今もたくさんの船が行き交う。人間の歴史に船ほど重要な乗物はないだろう。何かを容れてその重みを湛えて。

February

二月一日㈯

歓喜のごとスコールは来て孤独なり光に変はり消えてゆく街

日本よりあまりにも思いがけない受賞の知らせ。よく聞こえない。
え？　え？

二月二日(日)

果樹園通りまっすぐに伸びてシンガポールこの国の名は果実のひびき

果樹園はもうとっくにないのだけれど、ショッピングモールが花盛りの果樹園のように並ぶ。隅々まで整えられた街は未来都市のよう。そのすき間の屋台の錆びた椅子で一休み。

二月三日（月）

手袋し屋台に貪るドリアンは誰かの秘密のやうなり食べる

ドリアンは強烈な匂いのために、ホテルでも乗物でも持ち込みが禁じられている。棘だらけでふてぶてしく危険な果物。少し食べるともっと食べたくなる。もっと食べるともっともっと食べたくなる。

二月四日㈫

スコールのなかなる慰霊碑拾はれぬ骨の白さに突き出してをり

シンガポール、戦争記念公園。日本占領下で五万人が犠牲になった。

二月五日㈬

ターンテーブルに鞄ながれてそを拾ひただよひ着きたり日本国に

帰国。

二月六日㈭

日本をしばし離《か》れゐて再会す鰺、鯖、鰯のなつかしき顔

空の色、空気の香り、それから魚。魚の姿や表情は国によって微妙に、時には非常に違う。

二月七日㈮

道に迷ひだんだん小さくなるわれは〈ひざまくら耳かきの店〉も過ぎたり

見たこともない店に出会うと道に迷ったな、と気づく。私は道に迷いやすい。よって奇妙な店にも出会いやすい。

二月八日㈯

飯田橋駅過ぎればあんみつ屋を思ふその蜜のことを
秘めごとのやうに

歌友もこのあんみつ屋が好きだという。二人の秘密だ。

二月九日（日）

ショッピングモールの床は水面のごとしづか水面を歩み掃除機を買ふ

都会で静かなもの。夜の横断歩道、ビルの硝子、遠くから見る高速道路、暗渠のなかの水、そしてショッピングモールの床。

二月十日（月）

箪笥の裏に転がつたまんま動けない節分の豆だつた豆

いつのまにやら節分も過ぎてしまった。遣らうべき鬼は自分の裡に棲みついているから豆撒きはしない。

二月十一日㈫

おのづから孤高になるまで浮かべよと告げられて病む巨船がひとつ

連日白い旅客船から目が離せない。ダイヤモンド・プリンセス号。私たちはあの船にどんな行き先を告げているのだろう。何をしようとしているのだろう。

二月十二日㈬

空を飛びまた空を飛びかへりきて羽繕ひせず脱ぎぬコートを

飛行機で日帰り旅。どこかに行くと何かが付いてくる気がする。今回は何だか鳥のようなものが付いてきたようで気になる。

二月十三日㈭

サージカルマスクすなはち手術用マスク外せば裸のわが顔

普段使っていたマスクだがサージカルマスクという名前らしい。外科医が手術の時に使うマスク。どこかが痛くなるような名前だ。

二月十四日（金）

日本晴れはろばろと空にわすれられながら立ちをり布団を抱へ

よく晴れた日は布団を干す。布団を干して空を見る。空をずっと見ているると自分がゆっくり動いている気がしてくる。やはり微かに動いている。空が動いているのだから。

二月十五日(土)

書き泥む手紙わたしはその人の心の水面に浮くみづすまし

手紙を書くのは本当に苦手だ。字が下手だし、文章も酷い。何度も書き直す。手紙はいつも不完全で恥ずかしく書きかけのままだ。

二月十六日(日)

スカイツリーいつより千手をなくしたる観音として
風に聳ゆる

大人になるということに気がついたのは最近のことだ。二つの相反することを同時に思わねばならない。助けを求めないこと。そしてきちんと助けを求めること。

二月十七日（月）

シャンパンの泡を見てをり注がれし泡が祈りに消されゆくまで

讀賣文学賞授賞式。

二月十八日㈫

三分咲きの桜もらひぬまだ咲かぬ七分はいまだ西行のもの

友人達が贈ってくれた桜。桜を詠うのは難しいなあ、重いなあと思ってきたけれど、三分咲きの桜は懸命に微笑む子供みたいで愛おしい。

二月十九日㈬

世界から見られながらに孤独なる巨船うごかず燃ゆるごとくに

ダイヤモンド・プリンセス。白い大きな旅客船に留まる人々を世界が見ている。

二月二十日(木)

盧舎那仏建立せよといふ悲鳴反響してをり盧舎那仏の裡

東大寺に巨大な大仏を建立するほかなかった時代の疫病の流行、饑饉、反乱。聖武天皇の怯えの大きさがあの仏像の大きさだ。

二月二十一日㈮

こんりんざいと幼子の息子告げたりき金輪際にかがやく金《きん》の輪

言葉を覚え始めた子供は面白い。時々、小さかった頃の子供の言葉を思い出す。「こんりんざい」を知った息子は、「こんりんざい」を拾った、と小石を見せてくれた。

二月二十二日（土）

夫の料理ありがたけれど燃え残る隕石のやうなもの
皿の上

ハンバーグらしい。

二月二十三日㈰

青丹よしブルーシートの家々は春来れどなほ真つ青なまま

房総半島はもう春の盛り。温室はことごとく台風に壊されてしまったけれど、荒れた菜の花畑にそれでも菜の花が咲いている。

二月二十四日（月）

ガッルス・ガッルス・ドメスティクスは姿なし白卵
赤卵あまた積まれて

鶏の学名はGallus gallus domesticus。ずいぶん騒がしい名前だが、私の身辺で鶏の姿を見ることはない。

二月二十五日㈫

〈マスクしばらく入荷しません〉しばらくといふ時間のしんと載る棚があり

ドラッグ・ストアから消えてしまったマスクと消毒用アルコール。SF小説の始まりのようだと思いながら三軒を回って断念する。

二月二十六日㈬

光の春きらりきらりと降る針を見つつ思へりわが墓のこと

故郷の久住山の麓に父母の墓を移すことにした。ついでに自分の墓もその隣りに買った。

二月二十七日㈭

〈伊右衛門〉と〈お〜いお茶〉自販機に見比べ決め
かね気弱にをりぬ

一度迷い始めるととめどなく迷う。どっちでもいいことほど厄介だ。

二月二十八日㈮

微熱あるといふ友、怠いといふ友電話きて蚕室のやうに日本はしづか

新型コロナウイルスの拡散は騒々しいのか、静かなのかわからない。テレビも新聞も私の心も騒々しいが、街は静かだ。短歌教室やらイベントやら中止の連絡を回す。

二月二十九日㈯

さりさりさりさりさり見えぬ蚕ゐてマスクする人すれ違ふ街

街がだんだん白くなる。みんなマスクをし、心に繃帯をして歩いている。誰かが咳をすると皆がその人を見る。

March

三月一日(日)

赤線を引きながら顔をあげたればみな俯きてをり仕事する窪み

所属する歌誌の編集作業。ずいぶん長いこと同じ仕事をしているけれど、いまだによく間違える。間違えない人は間違えない。

三月二日（月）

この石をちよつと見てゐてくださいと蜥蜴去りたり陽だまりの石

春が近づいた。窓の外をいろんなものが通る。走るものがいる。ゆっくり歩くものがいる。這うものもいる。飛ぶものも、跳ねるものもいる。私は暇なのでただ立っている。

三月三日㈫

雛人形は病むことあらず欠伸せず叫ばず食べず微笑んだまま

毎年、雛人形を取り出して並べるように三月三日には雛人形の歌を作ってきた。雛人形はもたないけれど、私だけの雛祭りだ。

三月四日（水）

息子来てかすかな凹み残しゆく布団に椅子にしばらくわれに

理想の親子というのは野生動物の親子だ。丁寧に編んだ巣を用意し、きちんと餌を運んでやり、命がけで敵から守ってやる。そしてちょうどいい時期に追い出し二度と振り返らない。

三月五日(木)

見えぬ鼠ちらりと走りすぎたりき『ペスト』の街ゆ
わが足元に

カミュの『ペスト』が売り切れているという。あの小説には鼠が動いていたけれど、二十一世紀の街には怪しいものは何も見えない。

三月六日㈮

おそろしきことならねども人気無き街に真つ赤な蟹運ばれ来

街を歩く。人はずいぶん少ない。家族の食事会。なにかがちぐはぐで、なにをやってもやらなくてもおかしいような気がしてくる。

三月七日（土）

窓開けて走る電車にチラシ一枚嬉しくてならず飛び回りをり

感染症対策のため電車の窓が開いている。これはこれでなかなか開放的でよい。

三月八日（日）

未来とは死のことなれどなにか嬉し辛夷咲く日が桜咲く日が

先輩の作家Mさんと話すとき、いつも仏教のことを勉強なさい、と言われる。そう言われただけで誰かの掌の上に居るような安らかさが来るから不思議。

三月九日(月)

畳まれて押し入れに眠る鯉のぼり闇なかに大き目を
瞠けり

押し入れの整理をしなければ。

三月十日 ㈫

〈武装した小さなもの〉それは私だと思へばアルマジロのことなり

友達から接写で撮った蕗の薹の写真が送られてきた。緑色のアルマジロみたいだ。〈Armadillo《武装した小さなもの》〉はスペイン語。

三月十一日㈬

真白きマスク集まりその中に褒められてをり友の嬰児《みどりご》

地獄に咲いた蓮の花、とまでは言わないけれど。

三月十二日㈭

パンデミック　シンバルは今か鳴るべしと耳澄ます
なり世界はしづか

国々は鎖国し、息を潜め、何かを待っている。それにしてもこの静けさは怖い。静けさを破るためだけに何かが起こりそうで、それが怖い。

三月十三日㈮

飛行機はここからあそこへ渡りゆくここともあそこのあはひに浮く雲

雲海の上は素晴らしい青空。いつも心から感動し、そのたびに何か知らないけれど神のような存在を思う。雲海の上をしばらく飛び、そして雲海の下に下りる。神のことはいつの間にか忘れる。今日は福岡に泊まる。

三月十四日(土)

人のゐぬ客席に向かひ語りをりわたしは誰かのカナリアとして

故郷での第九回荒城の月短歌大会。無観客で行い、ビデオを配布することになった。ゲストの俳人、髙柳克弘さんとともに誰も居ない客席に向かってトークする。この大会も予算緊縮のために今回が最終回。私の声が妙によく響く。

三月十五日（日）

せりなづなすずなすずしろ忘れられ花盛りなり雑草として

東京の人混みを離れ、故郷の畦道を歩いているとホッとする。ここはいつもと変わらぬ春だ。春だから植物たちは忙しい。

三月十六日（月）

あそこにもここにも巣穴の気配して気づけば春のマンホールある

静かな故郷の町を歩く。人通りはめったにない。コロナウイルスのせいではなく、だんだんと何年もかけてこうして人が少なくなった。ぐるりと春の山に囲まれた盆地の町。

三月十七日㈫

少子高齢化、ショウシコウレイカ、ショウシ　一人の子供が歩む

あちこちの限界集落で最後の子供が生まれる日が来る。

三月十八日㈬

キセキレイよく来た揺れる吊り橋にしばしをわたしの命と並び

遠い所から来た鳥は遠いところへ帰ってゆく。鳥の鮮やかな色はけっして人間界に泥《なず》まぬため。

三月十九日㈭

一両列車ゆつくり止まり二人降り充たされてをり豊後竹田駅

新宿駅の一日の乗降客は三百六十万人。プエルトリコの総人口に近い数の人が行き交う。新宿をトップに日本の駅が乗降客数の上位を独占するという。誇ればいいのだろうか？

三月二十日㈮

難攻不落　つひに敵来ず誰も来ず誰かを待ちかね春の城跡

岡城跡は九州の深い山中にある。源頼朝に追われる義経を迎えようと建造された、とも言う。イエズス会が布教の拠点にしようとした、とも言う。伝説はいろいろだが、結局あんまり山奥過ぎたのだと思う。敵はおろか、誰も来なかった。厳めしい石垣が巡らされ、今も難攻不落だ。

三月二十一日㈯

離陸して阿蘇の噴煙かすめゆく飛行機といふ弾丸として

熊本空港から飛ぶ。

三月二十二日（日）

マスクのなかに顔消し人混みあゆみゆく雨雲のなかに浮かぶ東京

帰京一日目。人混みが気になるが今日は会議だ。会議も厚い雲のようだけれど。

三月二十三日(月)

春まひるヨガのポーズに身を反らし向かふ岸もたぬ橋となりたり

さらさら。さらさら。身のめぐりでせせらぐ時間の川。

三月二十四日㈫

あるはずのものがそこにはない感じ白木蓮咲き空欠けてをり

「リウーは相変らず窓から眺め続けていた。窓硝子の一方の側には、春の爽かな空。そして他の一方の側には、今なお室内に反響している言葉――ペスト」（カミュ『ペスト』より）

三月二十五日㈬

食べず這はず動かなくなる蚕ゐる蚕室に似て感染症の街

マスクが手に入らない。フィルターペーパーからキッチンペーパーからタオルからからマスクを作る方法が紹介されている。

三月二十六日㈭

世界中株価乱高下するといふザムザ天井に張りつき見てゐる世界

株というのはよく分からないが昆虫の触角のようなものかと思う。ぴくぴく、ひりひり、はりはり、さわさわと闇を探っている。

三月二十七日㈮

東大寺大仏殿なにか音せしかおほいなる大仏忘れ物にて

「大仏建立でもせねばならないでしょうか」と真剣に尋ねてくる友。
「そうですね、そろそろでしょうか」と答える私。

三月二十八日（土）

米櫃といふものありきあやふきとき砂時計のやうに米を湛へて

「今月はまだ食費がありますから」と一人の母親がテレビのなかで答えていた。「食費」という言葉がずっと耳に残る。

三月二十九日㈰

観光バスまぼろしのやうに磨かれてだれをも乗せず
どこへもゆかず

家の近くのバス会社の車庫。バスはこのところずっと動かない。

三月三十日(月)

ボッタルガ、サバイヨンソース、ジェノベーゼ世界
ひんやり鎖国してをり

人や物や憧れや欲望が往き来することが人界の証だったのだ。

三月三十一日㈫

「あかりを消してもいいですか?」初夜に、臨終に、
わたしの隣りに囁く声す

本を閉じ、明かりを消す。

April

四月一日(水)

仕事終へみてゐる枝にすずめ来ぬすずめもすずめの仕事を終へて

すずめと自分とどっちが偉いか考えることがある。空を飛べる。私も飛行機に乗るが、これはすずめの勝ち。家もお金も衣服も持たずに機嫌良く生きていられる。これもすずめの勝ち。知性がある。これは私の勝ちかと思うが、さて知性とはなにもの？　すずめにはすずめの知性があったから生きのびてきたに違いない。私も何とか生きのびてきたので引き分け。考えているとだんだんすずめのサイズに近づく気がする。

四月二日㈭

昼の星そこにありつつみえぬ星ちかぢかとあり　呼吸器が足りない

今現在、日本に人工呼吸器を積極的に増産し用意する動きはない。検査数を増やす動きもない。この国は無気味だ。

四月三日㈮

怒りつつ歩けばチューリップ、チューリップ殴られしやうに赤に黄に咲く

連日朝から晩までニュースを見て怒り続ける私を頰白が見に来る。首を傾げて。「春だね」、うん、春だね。「春だね」、分かってるよ。「ほんとに?」、えーと、たぶん。

四月四日（土）

空欄のままなる書類空欄は鳩小屋に鳩の消えししづけさ

書類書きが苦手だ。いつも難渋する。一行書けばいいのだけれど、見えない障害物がそこに頑張っていて、私を近づけなくする。

四月五日(日)

修正液に一文字消して乾くまで見てをり白いこの無人島

修正液を塗った文字は消えるどころか真っ白なポイントになって目を引いてしまう。そのお陰で修正されていないところは嘘みたいに見えてくる。

四月六日（月）

顔よりも節太き手を見てしまふ若き女《ひと》より受け取る荷物

首都封鎖はいつか、と囁かれている。このところ買い物は宅配が多くなった。しかし、物は作る時も運ぶ時も人が動くしかない。最後まで動く人がいる。

四月七日㈫

さくらさくら世界は閉ぢてゆくからに桜は咲きてほどけてゆけり

長屋の花見という落語を思う。沢庵を齧りながらお茶を汲み合う。いいなあ。子供の頃、近所で大勢集まってそういう花見をした記憶がある。沢庵よりはちょっといいものが莫蓙の上に広げられていたけど。

四月八日(水)

ニューヨークに小鳥の囀りしきりといふ人間滅びしやうなる街に

マンハッタン島は静まり返り、セントラルパークに野戦病院のテントが並び、遺体を安置するための冷凍車が並ぶ。この光景を忘れてはならない。

四月九日㈭

一枚の毛布のやうな夜空なり逢へない友とくるまつてゐる

ゆきこさん、手長海老を覚えていますか？　伊豆に皆で集まったとき。青い綺麗な海老でした。ゆきこさんも私も海老より初めて会うお互いに興味津々でしたね。もう四十年近くも前のこと。あの後、みんな子供を持って、世界中に散らばって、いろいろあって、大切な人を亡くして。オリオン座は手長海老みたい。今日は寒いから暖かくしてください。

四月十日(金)

この木の芽ちくちく芽吹き尖りつつだんだん激しい山椒の木になる

木々の芽吹きはそれぞれに個性的だ。反抗期の中学生みたいに。強く香ったり、毛深かったり、不思議な形をしていたり、棘だらけだったり。

四月十一日(土)

マスクしてゴム手袋して消毒液ポケットに入れ米買ひにゆく

このコロナ禍を五十年後の人はどんな風に見るのだろう。それでも呑気だったたな、と思うのだろうか。滑稽に思うのだろうか。

四月十二日(日)

祈られて祈られて怪《け》しき木片は阿弥陀如来になる途中なり

たぶん、仏像は造られただけでは仏様にはなれないのだと思う。たくさんの祈りを捧げられて、数え切れない涙が沁みて、ようやく尊いものになる。

四月十三日（月）

いただきます。行方不明になつたまま探されないいまここにゐる鮎

ふるさとの川を思い出し帰ろうと溯る魚は哀しい。帰ったって何にもないし、誰も待っていないのに。

四月十四日㈫

うぐひす餡ほろりとこぼれこのやうに食べこぼしをりき亡母《はは》も幼も

山形市にはえんどう豆を美味しく煮たお菓子があった。富貴豆。あれはうぐいす餡とはどう違うのだろう。何もかも忘れっぽいのに美味しかったもののことは鮮明に覚えている。

四月十五日 ㈬

脱いだまま読みさしのまま言ひかけたままそこにをり亡き人なれど

ゆきこさん、大切な人の居た書斎の灯を消さずにおくというのはなんていいアイデアでしょう。その人は本のページを開き、キーボードを叩き、ときどき貴女の足音を聞きます。その微かな気配はずっと続くことでしょう。

四月十六日（木）

人影のすくなき魚屋生き残りかたち変へつつ鮑這ひをり

生き残る、とはどういうことだろう。自らを変えずに時間に耐えてゆくことだろうか。それともどこまでも変化しつつ生きのびる、ということだろうか。

四月十七日㈮

読み終へしメールと書かむとするメールあはひに青い湖がある

蔵王のお釜に三度行ったけれど、三度ともに全く違う様子をしているので初めて来たような気がした。水の量も、その色も、周囲の気配も。

四月十八日㈯

白い太陽ほのぼのと照らしほどけゆく包帯のやうに
花水木咲く

今年はなんだか白いものが眼に痛い。

四月十九日(日)

疫病《えやみ》の世知らぬ亡き父母憂ひつつ寄りそひきたり無菌であれば

父は東日本大震災より前に亡くなり、亡母はこのコロナ禍を知らない。そう言えば、広島の平和記念資料館に展示されていた原爆以前の少年少女たちの写真、その瞳があまりにも真っ直ぐなのでたじろいだ。私たちはいま、どんな眼差しをしているのだろう。

四月二十日（月）

ハズレ馬券のやうなるマスク一億枚つめたい花びら散りくる散りくる

疫病に怒っているのではない。人間に怒っている。アベノマスク。

四月二十一日㈫

足音の残響のこるゼブラゾーン危ふき橋となりたり渡る

緊急事態宣言が出てから二週間あまり。人通りはすっかり減ったけれど。

四月二十二日㈬

めばる煮て春まだ寒し話しつつほろりほろりとめばるを壊す

オンライン飲み会の話が盛ん。やりたいなあ。

四月二十三日㈭

Too Little Too Late, Too Little Too Late 鳥鳴きわたる

政府の対応が遅い、とにかく遅い。普段無口な夫もしゃべり出し、通りすがりの犬も吠え、とうとうマンホールも愚痴をこぼすようになった。

四月二十四日㈮

握手して別れた時から何年目だれにも触れぬてのひら洗ふ

最後に人と会ったのはいつだったろう？　飯田橋駅の改札の前で握手して、その手をじゃあね、と挙げて。掌は今、洗うためにある。

四月二十五日(土)

ズーム、スラック、スカイプ、スカイプ、走りつつ
どこへ行くのか知らざり誰も

授業も、会議も、お茶会も、飲み会も全てオンラインになった。世界中が画面に向かっており、超高速の乗物に乗っているようだ。

四月二十六日（日）

風なかにごわつと蝙蝠傘《かうもり》ひるがへり見えぬものみな
われを見てをり

考えてみれば人間に見えるもののほうがずっと少ない。

四月二十七日（月）

観音はある日蜜柑になりたまひほほゑみたまふ箱いっぱいに

盗人もいるけれど、贈り人もいて、季節季節に柑橘を送ってくれる。彼はきっと何かの化身なのだが、何の化身であるのかは聞いたことがない。

四月二十八日㈫

バレンシア・オレンジその色その名前　世界のどこかが夕焼けてゐる

柑橘の香りは酔い止めにもなる。着陸間際の機内にスッと柑橘の香りが流れたことがあった。あれはいつ、どこに着地したのだったろう。

四月二十九日（水）

罌粟の実はねむりつつみのり世界中罌粟にせむ日を夢みてをらむ

あちこちに雑草の罌粟がオレンジ色の花を咲かせ、あっという間に散ってゆく。そう言えば東日本大震災の年にも罌粟の花はよく見かけた。あれから九年。

四月三十日㈭

陽だまりに輪郭溶けつつ猫ねむり液化してをり目覚めるまでを

ベランダに野良猫がよく来る。ウチのベランダは猫にとって一等地であるらしい。名誉なことである。

May

五月一日㈮

南国に鳥籠揺れゐし旅の日よ鳥去りしがに時間かへらず

ハノイの街角にはどこにも鳥籠があって、その下を、花をあふれるほど積んだバイクなどが行き交っていた。暑かったはずだが、その暑さがどうしても思い出せない。

五月二日㈯

STAY　HOME白く大きく書かれたる校庭ありて遭難してをり

散歩をする道の崖下に中学校があって、野球の試合やサッカーなどが眺められる。人が群がるところにボールがある。ボールには権力が宿る、というべきか。その権力も今は留守だ。

五月三日（日）

おもむろに屈伸運動はじめたる影の人をりその人と棲む

家族という言葉がどうもいかがわしい。家と族、つまり家という制度と血族とがセットになった人間関係を指している。そういう見事なセットを持たぬ人も数多い。

五月四日㈪

白熊に逢ひしことなき白熊は立ち上がりたり檻いっぱいに

動物園に生まれ、動物園で一生を終えようとしている白熊ピースの記録が心に痛い。

五月五日㈫

鯉のぼりがばりがばりと泳ぎ去り日本列島迷子となりぬ

鯉のぼりが好きだ。高く高く竿を掲げて大きな緋鯉真鯉をそよがせ、その尖端に矢車などがカラカラと回っている風景はいい。本当はそういう見事な風景の実物は見たことがないのだけれど。

五月六日㈬

風邪ぎみで運動不足で食べ過ぎでわたしのやうなあなたと暮らす

ステイホーム何日目だろう？　だんだん自分と相手の区別がつかなくなる。

五月七日 ㈭

コバンソウ微かな風にゆれてをりここまで来たけどまだまだ遠い

ゆきこさん、コバンソウという名前を教えてくださってありがとうございました。雑草はよくみるとひとつひとつ本当に美しいですね。こうやって立ち止まると私たちはどこからどこへ行こうとしているのだろうと思います。

五月八日㈮

アルコール吹きかけて見えぬもの消して消え残りたりわれの掌

掌を見る回数がとても多い。五月四日、緊急事態宣言が延長された。

五月九日（土）

オンライン授業開始す宇宙船クルーのやうな学生諸君

混乱に混乱を極めようやく今年の授業が始まった。今日はオンラインで何ができるか試すのみ。パソコンの画面に不安そうな一年生の顔が並ぶ。私が一番不安だよ。

五月十日（日）

闇なかに牛の眼のやうなものみひらきてをり地震《なゐ》過ぎるまで

地震がやたらと起こる。家に居られるうちはいいけどなあ。

五月十一日(月)

午前九時三十三分三十秒未確認飛行物体、否、ツバメ過ぐ

変化のない家の中。家の外では着々と季節が進む。

五月十二日㈫

小綬鶏がちよつと来いちよつと来いと鳴くあした私はまたも準備不足で

急いで、急いで、と何かが急かす。私たちの命もこの季節の中にある。

五月十三日(水)

蘇芳色ひろがる眼裏《まなうら》強く閉ぢわれわれは泥の大河と思ふ

このコロナ禍への政府の無為無策を第二次大戦中のインパール作戦に喩える人がいる。遠い過去だと思っていた戦争がいまここにある。

五月十四日㈭

罌粟の実の微細ことごとく腎臓のかたちしてをり噛むとき音せり

検察庁法改正に反対するツイッターデモが続く。十二日までに四百七十万人が反対を表明。

五月十五日（金）

驟雨となり奔流となりシャワー浴び水溜まりのしづけさ身体に残る

どこだったか思い出せない場所に美しいダム湖があった。長いこと砂漠を走りつづけたのち、現れた奇跡のように青い湖。上空に抜けるような青空。写真だけは残っているのだけれど。

五月十六日㈯

死者いまだ少なしといふ未だなにか来ぬ街ふはりとポリ袋飛ぶ

不思議に少ない日本の新型コロナでの死者。

五月十七日（日）

蜘蛛の糸きらりきらりと飛びゆけり糸もたぬ吾は太陽の下

昆虫には生きてゆくための道具が多い。兜虫の角。蜂の尻の針。カメムシの匂い。蓑虫の蓑。蝶の美しい羽根。カマキリの鎌。ゴキブリの触角。すべての虫が持つ保護色。

五月十八日（月）

陽炎のなかに棲むとも思ふなり盧舎那仏の巨軀ゆらぎてゐるか

このところ大きな仏像のことを思う。ウイルスや細菌が見えなかった時代には現代のわれわれに見えないものが見えていたのだろう。

五月十九日㈫

ソフトクリーム迅速に溶けて忙しき夏なり空に白雲こぼれ

街は静かなのに、オンラインの出来事は盛ん。オンライン授業は悩みの種だ。

五月二十日㈬

速達が来たりぬコトリと巣籠れる私に何でもなき速達が

「私には考える時間がある。それこそ大きな、いや最大のぜいたくというものだ。私には存在する時間がある。だから私には巨大な責任がある。」（メイ・サートン『独り居の日記』武田尚子訳　みすず書房）

五月二十一日㈭

われに出逢ひしものことごとく驚けり蜥蜴も飛蝗も猫も夫も

私はそんなに怪異な者か？

五月二十二日㈮

ステイホーム。臥せ、と言はれし犬なれどときどき心の尾を振らむとす

武蔵という名のゴールデンリトリバーを飼っている。いや、飼っているつもりだ。幻の犬で、ずいぶん永いこと一緒に居てくれている。老犬にもならず、エサも食べず、病気もしない可哀想な犬。

五月二十三日㈯

印旛沼にカミツキ亀ゐて沼となり姿消したり嚙みつかむとし

棄てられたペットたちはそれぞれ独自の生き方を切り拓く。

五月二十四日㈰

マスクメロンの幼実に微風まつはれりそこにもここにも見えぬ手はたらく

ビニールハウスのなかのメロンたちは夢の中で育ち、目覚めぬまま実って出荷されてゆくよう。

五月二十五日㈪

暴力として産みやりし子が暴力として鬱蒼と茂り気遣ふわれを

息子、三十五歳になった。

五月二十六日㈫

シラーペルビアナといふは花の名なり名をもたぬがに青い花なり

ゆきこさん、ありがとうございました。私が撮った写真だけでその花の名がすぐに分かるのですね。凄い。花は名付けられても名前を持たないように見える時があります。だからこそ名前も愛おしい。

五月二十七日㈬

もしわれが象亀ならばマンホール覆ふ大きさごおんと鳴きて

今日、六十一歳になった。

五月二十八日㈭

オオバコを飛べばオオバコあらはれて蛙もわれも忙し雨の日

オオバコは弱った蛙を元気にするという伝承があるらしい。よかったな、蛙。

五月二十九日㈮

半月板といふもの月より欠け落ちし借り物のやうな骨秘めてゐる

尾てい骨には尻尾のなごり、掌には水搔きのなごり、体液は海水のなごり、いろいろ拝借している身体である。

五月三十日㈯

われの裡の亡き母が料理つくりをり醬油の艶をしばし見つめて

風が吹けば桶屋が儲かる。新型コロナウイルスが来れば小麦粉が売れる。料理ばかりしているこの頃。

五月三十一日(日)

改竄といふ字に一匹ゐる鼠気がかりでならず生きてゐるのか

なんであれ閉じ込められている動物は可哀想だ。

June

六月一日（月）

海賊の島に生まれし友なれば病を告げ来《く》船出すやうに

瀬戸内海には伝説を持つ島が幾つもある。その一つがかつて海賊の島であったという。彼の鷹揚な性格はたぶん、頭領のものだ。彼なら必ず治る。

六月二日㈫

昼の星ひつそりと光り合ふなればメジャーに測るここからあそこを

人間のいる場所は人間が測る。鳥の飛ぶ空は鳥が測る。土竜が掘るトンネルは土竜が測る。

六月三日（水）

トイレットペーパー買ひ占められし総量は氷山のごとし魔の山のごとし

アメリカ人は銃を買いに並び、イタリア人は小麦粉を買い込んで籠もり、日本人はトイレットペーパーを買い占めた四月。すでに過去だが。

六月四日㈭

ケージにて産み落としたる鶏はたちまちにして見失はむ卵

鍵を、財布を、暗証番号を、本当によく忘れる。

六月五日㈮

世界中の飛行機飛ばずうつとりと重くなりゆく蚕蛾《かひこ》のやうに

もう永遠に海外になど行けない気がしてくる。いやいや、きっと行ける。きっと。

六月六日（土）

哀しめば青葉をすこし食みこぼし青葉を忘るる象亀
われは

病気を抱える友が二人。急がないで。急がないで。ゆっくりこの美しい青葉の季節を歩いてゆこう。

六月七日(日)

金目鯛おほきな眼みひらけり戴冠せしごとかあんと死にて

Zoomで歌会。お題「冠」。え、え、みんなすごくカメラ映りがいいんだけど。

六月八日（月）

粉砂糖こぼしつつ食べる洋菓子は生まれてしまひし御見舞のやう

思いがけない友が病む。生まれたときから死ぬことが約束されているなんて。

六月九日㈫

過ぎし夏にひつそり通り過ぎたりき凶暴な光、大雪渓を

今年は行けそうもない山を思う。乗鞍山頂行きバスを途中で降り、山頂近くの山小屋まで歩くのが常だ。大雪渓は温暖化のためか毎年小さくなっている。

六月十日(水)

洗濯物干しゐる夫は生き残りしソクラテスなり綻びを言ふ

六十代。もう、生き残ったと言える年齢かもしれない。

六月十一日(木)

半夏生の葉はひるがへりをちこちにヒラメが潜む夕暮れが来る

夕暮れ時は白いものがひときわ目立つ。

六月十二日㈮

見慣れつつ中身を知らぬ本増ゆるいたく尊く遺跡のやうに

積ん読はどうして解消されないのだろう。コロナ禍で増えた時間で何とかしようと思ったけれど、逆に増やしてしまった。

六月十三日（土）

蚕豆を莢より出しつつあの世とは父もゐる母もゐる普通のところ

初夏のころ、よく父と母は菜園から採ってきた蚕豆を剝いていた。薄暗い土間で俯きながらまるで宗教儀式のように厳かに。あの大きな豆には季節の儀礼の雰囲気がある。

六月十四日（日）

パンケーキうらがへし指に確かむる押し返しくる朝の弾力

私にも闘病する友にも朝が来た。大事な大事な朝ご飯だ。

六月十五日（月）

マスクをし一人乗りカヌー漕ぐやうに人を避けつつゆくなり街を

新しい生活様式、と言うらしい。緊急事態宣言は解け、東京アラートが出ている。いったい何をどうすればいいのだろう。

六月十六日㈫

無人惑星探査機はるかに運びゆく鯨の歌なり聞こゆることある

一九七七年に発進した無人宇宙探査機には金色にコーティングされたレコードが積まれていた。いろいろな地球の声をいつか会う宇宙人に聞かせるために。いま、どのあたりを旅しているのだろう。地球ではもうレコードは見ないけれど。

六月十七日㈬

ひとりに一匹鳴かぬ蟬ゐる真昼なり二メートル空け
列に並びぬ

ソーシャルディスタンス。新しいダンスみたいだ。

六月十八日㈭

ブルーインパルス繃帯ほどきゆくやうに雲残したりだれにも触れず

妹は医療従事者。防護服も、フェイスシールドもないお産の現場で毎日大量の飛沫を浴びて働く。深刻なのは消毒用アルコールの不足だと言う。

六月十九日（金）

深海のやうな闇なか不発弾のわれは寝返りまた眠りたり

ゆきこさん、先日お話ししてから鯨のことを考えました。鯨は海中でしか暮らせないのに、空気を吸うしかない。深海に潜るという彼らにとって海にいることは死と隣り合わせ。彼らは呼吸のことをどう思っているのでしょう。ゆきこさんの息苦しさが取れますように。呼吸器の調整がうまくいきますように。

六月二十日（土）

つぎつぎに顔あらはれて並びゆく画面のどこに吾はゐるのか

久しぶりの研究会はオンラインで。みんな真面目な顔で現れるので怖い。

六月二十一日㈰

母の棲まぬ家は三面鏡のなかどこまでゆきても廊下があるやう

九州の実家が気になる。草ぼうぼうだろうな。アシナガバチが巣を作っているだろう。野ウサギが庭に穴を掘っているはずだ。郭公が毎朝来て鳴いているだろう。そしてさらさらさらさら微かに微かに家は別のなにかに変わりつつあるはずだ。

六月二十二日(月)

真夏日に黒きインクのやうな影つくりて恐ろし紅梅繁る

季節が過ぎるとその季節のことを忘れてしまう。寒かったことも暑かったことも。猛暑も、陽炎も、暴風雨も、霰も、雪も。そして花のことも。

六月二十三日㈫

マンゴーに艶出て食べてくれよといふ食べられて消ゆる実りがひとつ

マンゴーの食べ頃は裡側から艶が出て来た頃。粉っぽく白っぽいのはまだ。

六月二十四日(水)

郭公が啼きたり　郭公の声ひとつぶん森凹みたり

アマゾンの原住民達はずっと森を焼き払われ追われながら生きてきた。今度はあなたたちが怖れる番だ、と原住民の老人が告げた。

六月二十五日（木）

水平に落つる滝かと思ふまで激しくしらじら飛行機は飛ぶ

家から見上げる空に再び飛行機が飛ぶようになった。子供の頃、飛行機が飛ぶと遊ぶのを止め、「どこ？　どこ？」などと空を指差したものだ。あの頃の飛行機はちょっと英雄みたいだった。

六月二十六日㈮

いづこにもマスクあらはれ売られをり力失せたる護符の白さに

強烈に品不足のマスクが輝いていた時からわずか二ヶ月。

六月二十七日㈯

お子さんは？　と問はれ瞬間われは子を忘れてをり
ぬ小鳥のやうに

小鳥が飛び去ったあとの小枝が揺れている。

六月二十八日(日)

色の本贈りくれ遠くゐる友よ瓶覗き色のなかにて逢はむ

空の色が好きだ。この色の空が友達のいる海辺にも広がっているといいな。

六月二十九日(月)

百均の鯖缶に泳ぐ瘦せた鯖今宵は誰をがっかりさせしか

たくさんの子供たちがお腹を空かせ給食を待っているという。外国の話ではなく日本のあちこちで。

六月三十日㈫

泉のごと子供生まれて河のごと子供も大人も死ぬと
ふアフリカ

感染症や戦争は人間を数に変えてしまう。

July

七月一日㈬

天麩羅を食べにゆきたし羽衣のやうに揚がりし鱚を食べたし

私の故郷である大分は料理に関しては関西文化圏。それゆえ天麩羅は薄い衣で軽く揚げる。東京に来て何より驚いたのは分厚い衣をまとわせ、ごま油でこってりと揚げる天麩羅。母は「これは失敗じゃな」と呟いた。神楽坂の名店でのことだ。

七月二日㈭

枇杷の葉は薬　こんもり繁りつつ罪人《つみびと》のやうなくらがりつくる

「今年は不作ですが」という手紙とともに枇杷の実が届いた。その方は昨年夫を亡くしている。枇杷も寂しさに実り忘れたのだろう。

七月三日㈮

文法のこと友と話してをりたれど囀るやうなり文鳥が二羽

よくわからないことについてよくわからない者同士で語り合うのは楽しい。ここでよくわかっている人が一人でもいたら台無しだ。国際政治とか、哲学とか、宇宙とか、よくわからない話が好きだ。

七月四日 (土)

電車には自在に風が吹き抜けて江戸川もわたる線路も消えて

コロナ対策のために窓を開け放った電車は気持ちが良い。なぜもっと早くこうしなかったのか。

七月五日(日)

蟹のやうに戯れ合ひながら見てゐたり水平線が呑みてゆく船

ゆきこさん、先日はよく笑いましたね。お寿司も美味しかった。お見舞なんてとんでもなかったです。確かに四十年分の思い出を語り合うためには深刻な顔などしている暇はありません。記憶の中では生きている人も亡くなった人もみんな同じ。だから記憶が消えることが怖いです。

七月六日(月)

歩道橋のかしこに夏草生えて揺れ私はどこへ渡らむとする

歩道橋を渡る人をめったに見ない。歩道橋の真ん中あたりで鳥が羽根を休めていたり、小学生が追いかけっこをしたり、道路にちょっとした影を作っていたりする。廃墟だと思えば意外に美しい。

七月七日㈫

人工照明あびて咲く花花舗にあふれわれら盲ひて花のごとゐる

父は目が良かった。子供の頃、暗い場所を見ることに慣れていたからだと言う。天の川の傾きでだいたいの時間を当てたりもした。

七月八日㈬

遊園地にカラーボールあまた積まれをり叫びのごとく色はしづもる

スーパーの子供遊園地は閉鎖されたまま。あれにもこれにも触れてはいけないと言われる子供達に、世界はどんな風に感受されているのだろう。

七月九日㈭

濁流のなかに老母を残さずによかった死なせてやってよかった

四日、球磨川氾濫。七日、筑後川氾濫。八日、大分川氾濫。母は困るとガーゼのハンカチを握り締めおろおろしていた。実家近くの川も黒い濁流に揉まれ、橋が危うくなっていることだろう。ガーゼのハンカチを握り締め、今、どれだけの人が怯えていることだろう。母はもう死者。安全なところにいる。

七月十日（金）

「夜の梅」とふ羊羹この重さ憎むためなる夜の梅咲く

首都圏に四十年近くを暮らしているが、いまだに自分の場所にならない。それどころか私は東京を憎んできたことに気づいてぞっとするのだ。

七月十一日㈯

天麩羅の衣のことに争へり厚衣の夫、薄衣のわれ

福島の夫の実家では天麩羅はたっぷりと衣をつけ、綿入れを着たみたいにふんわり揚げる。大分の私の実家では材料が透けて見えるほど薄く、が常識だ。こういう争いには情念さえこもり、果てしなく続く。そして終わらないで欲しいと思う。関ヶ原あたりで手打ちをし、じゃあ中くらいで、ではつまらない。

七月十二日(日)

公園に飼はれゐし猫消えてをり置き手紙せず餌皿のこして

動物は本当に本当に言葉を持たないんだな。

七月十三日（月）

齧りつき玉蜀黍を食べてをり飛蝗にわれにひとつ陽がある

西瓜とか玉蜀黍とか、夏は豪快に食べられるものが多くていい。

七月十四日㈫

吊り橋のやうに常なる哀しみのひとすぢ架かる子を持ちてより

実家の近くに夢大吊橋というものがある。谷底からの高さは百七十三メートル、長さは三百九十メートルの白い吊り橋。渡っても向こうには何もない。

七月十五日（水）

習志野に落下傘部隊の黒い雨すなはち人間音もなく降る

習志野駐屯地。

七月十六日㈭

回転寿司の回転止めて休業中の店あり地球の自転のうへに

コロナ禍以前はいろんなものがよく回っていたな。観覧車とか回転扉とか回覧板とか。

七月十七日(金)

蒲鉾の聖なる白さ白くなりすがた消されてしまった魚たち

小学生のころの夏休み、山口県の海沿いの叔母の家で過ごすことが多かった。おやつは素晴らしく美味しい蒲鉾だった。だが、蒲鉾がたくさんの魚からできていると知ったときは驚いた。金魚を飼っていたから。

七月十八日㈯

隕石堕つ　天の川銀河太陽系第三惑星のアパートの庭

はるかはるか宇宙を旅してきて「習志野隕石」って名づけられるのか。

七月十九日（日）

鰻屋に待ち合はせれば照りの良きよくある笑顔に息子現はる

二十代にはなかった表情が三十代には貼り付く。いや、滲み出る。いやいや表情のなかに群衆が入り込むのだ。

七月二十日（月）

タイタニックが沈むまで二時間四十分しらじらとそこに星々ありき

『日本沈没』（小松左京）を映画で見たのは中学生のころ。ラブシーンを初めて見た。

七月二十一日㈫

だれもゐぬ雨の公園首伸ばしキリン佇み河馬笑ひをり

リモートワークになってから子供と遊ぶ父親の姿が増えた。昔はよくあった当たり前の風景だ。いつもはそんな家族でいっぱいの公園なのだけれど。

七月二十二日㈬

全身全霊バッタ飛ばむとするらしき鋭さありて草深くなる

つまり草ぼうぼうなのだ。家の周りじゅう。

七月二十三日㈭

オオソリハシシギ飲まず喰はず九日飛ぶとふ誰に代はりて

鳥類図鑑を開くと驚くことばかり。渡り鳥は凄い。

七月二十四日㈮

ぶらんこに来たりてしばし笑はずにぶらんこ揺らし老人去りぬ

いつか一人暮らしになったら、と想像することがある。夫には言わないけれど。

七月二十五日㈯

洪水にいくたびも壊れまた架かる橋あり何度も赤く塗られて

大分県と熊本県を繋ぐ唯一の鉄道である豊肥線は何度も壊れ、ついに途切れたままになった。一本の道路だけが頼りだが、その橋も何度も流された。しかし数え切れないくらい流されてもまた架けられるのだ。

七月二十六日（日）

銀河の壁発見されしとふその壁に全存在として描かれむネズミ

天の川の裏側あたり、地球からそれほど遠くないところに発見されたという銀河の壁。全然分からないけれど、凄いことだなと思う。バンクシーならその壁にもう何か描いているはず。

七月二十七日(月)

素麺にするべし昼はと思ふとき死はそこにあり白滝として

素麺には茹で卵の刻んだのを振りかけるのが当たり前、と思っていたらしい叔母。いや、納豆で食べるでしょ、と言う夫。温かくして饂飩みたいにするのが一番、という友。正統はいくつもあってよく分からない。

七月二十八日㈫

はーい、と笑ひ、ですね！と応へひとたびも顔見せぬなり今年の学生

オンライン授業は不思議に親密で、しかし跡形もない。

七月二十九日(水)

消しゴムを落とした瞬間床はづみスーパーボールなりき十四歳のわれ

中学三年生の夏の始め、いつになく空が高くて不思議な気がした。例年にないときめきがあって、理由がわからなかった。通学路の橋や信号や歩道橋が煌めいていた。笑っているか泣いているかのどちらかだった。

七月三十日㈭

ジャングルに木の皮綴り生き延びしテーラーなりし横井庄一さん

敗戦から二十八年。グアム島のジャングルに潜んでいた元日本兵の横井庄一さん。日本の高度経済成長の最中を彼はジャングルで生きた。グアムでゴルフに興じる日本人サラリーマンのほんの何キロか先のジャングルで彼は木の皮を綴り、昆虫を食べていたのか。夏になるとなぜか思い出す。

七月三十一日(金)

財布のなかに三百円しかない日なり三百円の世界見え初む

百三十円でおにぎりを買うだろう。それから二十円のチロルチョコを三つ。残った小銭は握りしめる。私にもしそれしかなかったなら。

August

八月一日㈯

泉のやうに老衰の母のありしこと含み笑ひなにか想ひゐしこと

ゆきこさん。母を看取った最期の日々のことをよく思い出します。身動きできず、食べることもなく、しゃべれなくなった母はただベッドに横たわっていました。そこにただいて欲しい、そう思う人がいて、その人のために生き続ける、そんな愛もあるような気がします。

八月二日（日）

尾を垂らし狸あらはれつくづくと吾を見てをりそこにゐたかと

裏の藪からときどき狸が出て来る。小さな家からときどき私も出てみる。そして出会う。

八月三日（月）

泥水の音するゆふぐれまたたきて狸現はる泥の中より

芋とカボチャを与えてみた。

八月四日㈫

緑のたぬきも赤いきつねもまちがへて化けたままなりコンビニの棚

どちらかというと赤いきつねのほうが好きだ。

八月五日㈬

独りなればこおーんと鳴きて森をみることあり狸出で来よ

狸の鳴き声はもの哀しい。

八月六日㈭

山の上ホテルでならば柔らかく言へたかもしれず
オンラインに闘ふ

山の上ホテルで予定されていた座談会がオンラインになった。宮坂静生さん、大辻隆弘さん、堤保徳さん、ありがとうございました。

八月七日㈮

関門トンネルゆく車窓に見てゐし海底はいよいよ深し亡父《ちち》とゐる闇

子供の頃、関門トンネルを潜る電車に乗った。トンネルは海底を潜っていると教えられて、車窓から見えるはずの魚を探した。「魚おらんよ」と言うと父が「蛸ならおるじゃろ」と言った。

八月八日㈯

一億枚の使はれぬマスク縫ふ人のいづこかにをりて見えざり

キューブリック監督の『フルメタル・ジャケット』。壮絶な戦闘を強いられた部隊だが、敵として現れたのはまだ幼い少女の狙撃兵一人だった。アベノマスクのとんちんかんさは可笑しいが、とんでもなく恐ろしい。

八月九日(日)

大輪のカサブランカの花崩れたり白日のなかふいに汚れて

今日、長崎の原爆の日。

八月十日(月)

ゴルフのこと知らねど画面は飛びゆける白球を追ひ荘厳なりき

テレビをつけると画面に空が映る。ゴルフの中継だ。見えないけれど何かが飛んでゆくらしい。

八月十一日㈫

睡蓮の若葉はだれの形見なる水ともならず光ともならず

とにかく暑い。

八月十二日㈬

あつなにか落としたと思ふわが影の剝がれするりとゴキブリ走る

子供の発達段階に自分とそうでないものを区別する時期がある。次に好きなものと嫌いなものに分けてゆく時期がある。世界を好きなものと嫌いなものに分ける自我の始まり。ゴキブリは嫌いだ。

八月十三日㈭

瓜と麩の酢漬け、ぜんまい、切り昆布、忙《せは》しくせねばお盆来ぬゆゑ

実家のお盆は旧暦。作る料理は決まっていた。夕方にならぬうちに迎え火を焚き、父と母を迎える。リアリティそのものだった二人が気配さえない。

八月十四日（金）

ベンチにも歩道にも誰もゐぬ酷暑戦争終はるよ七十五年前の人たち

未来の人は今のわれわれをどう見るだろう。明日、終戦記念日。

八月十五日㈯

飛行機が飛ばぬ夏空うつくしきうすがみのごとく私を覆ふ

終戦の日、爆撃機が来なくなった静かな空を葛原妙子は「異変」と感じた。

八月十六日（日）

それはわたしから溢れた真っ黒な重油で集めるべきなりわたしが

モーリシャスでの座礁事故による重油漏れ。現地の人が人毛を集めてオイルフェンスを作り、油にまみれて回収作業をしている。申し訳ない。現地の人に、海に、魚に、珊瑚に、鳥にも、マングローブにも、蟹にも、貝にも、そして未来にも。

八月十七日(月)

爆弾池に育つ海老ゐてかすかなる髭振りてゐき髭怒りゐき

あれはどこだったろう?　旅の記憶の一片が漂流している。

八月十八日㈫

犬も笑ふと聞きたりひとり白昼に思ひだし笑ひする
犬あらむ

動物を飼った経験が乏しい。金魚を飼ったことがあるが、心が通じた気がしなかった。

八月十九日㈬

これがわたしの不安なりしか指さされ渦となりゆく
熱帯低気圧

天気予報のように自分の心の動きが解説されたら面白いかも。いや、
怖いな。

八月二十日㈭

古代蓮ひとつ咲きつぎのひとつ咲きわれなきのちも
つぎつぎに咲き

近所の公園で古代蓮が咲いた。人間が滅びたあともきっと咲くのだろう。

八月二十一日㈮

にんげんは病むものならば仕方なし病みてはならぬを海深く病む

モーリシャスの海はこれから何十年も回復しないという。

八月二十二日㈯

わたしといふ不審物はこぶ途中なり昼の電車の網棚の下に

人に会うため、県外へ移動するため、ＰＣＲ検査を自費で受けることにした。

八月二十三日（日）

真夜一度すさまじき声に狸鳴きあとかたもなき朝が来てをり

朝というのはほんとうに薄情だ。

八月二十四日(月)

墜落を禁じられたる飛行機のいのちひとすぢ夏空をゆく

グレる、とか暴れる、とか吾を忘れる、とかみんな人間の習性だ。

八月二十五日㈫

枝豆をころりころりと剝きながら外してをりぬここ
ろのボタン

だだちゃ豆の季節。いつも山形で暮らした日々のことを思い出す。玄関に鍵をかけなかった。子供から目を離しっぱなしだった。どこかで誰かが子供に御飯を食べさせてくれた。

八月二十六日㈬

おのづから凹んで水をたたへたるやうに尊き手紙来たりぬ

ゆきこさん、暑さが酷いですがいかがお過ごしですか？　戴いたスパラキシスの球根はいつ植えればいいのでしょう？　この球根をひとつ掘るのは大変だったことでしょう。力を尽くしてする仕事は選ばれた仕事。だからこの球根、大事にします。

八月二十七日㈭

母の骨いつよりしづまりゆきたるか百合散ればその花殻を載せ

まだ納骨できていない。寝室に安置してある遺骨はずいぶん静かになってしまったのだけれど。

八月二十八日㈮

フリスビーゆっくり飛びゆきそのかなた白い橋かかり昼の星ある

公園の木陰で休んでいるともう二度と動けないんじゃないかと思うことがある。つくづく世界に見惚れてしまうのだ。

八月二十九日㈯

魚屋に魚みな死にシジミ貝ふくふく生きをり哀しきかなや

魚屋に行くと怖くなることがある。

八月三十日(日)

あらはれてオオミズアオゐる駐車場このしづけさの外なり人界

年に一度あるかないかだけれど青白い大きな蛾に出会う。調べてみて名前がわかった。こんにちは、オオミズアオ。

八月三十一日(月)

烏瓜ふたつ花咲きしらじらと疫病といふは物音のせず

感染者数は増えてゆくばかりだけれど。

September

九月一日㈫

シルバーグレイの光がしだいに街となりビル群となり街へ堕ちゆく

久しぶりに飛行機に乗った。別府湾沿いの街が夕光の中に浮かぶ。

九月二日㈬

姫島は女神の島なりわたりきて波も海松布《みるめ》も裸足に踏みぬ

国東半島の沖に浮かぶ姫島。白い黒曜石を見に来た。

九月三日㈭

ささがにの走るさやさや立つ吾は千匹の蟹に分かれて走る

波は寄せ波は引き、波は寄せ波は引き、足跡のすべてが消えて。

九月四日㈮

大海老の塩焼き嚙めば塩散りて現実《うつつ》ははげしく乾けるところ

姫島食堂のメニュー。島蛸の唐揚げ。車海老の踊り、塩焼き、天麩羅。ヒジキの煮物。

九月五日㈯

砂浜に落ちてゐる光ちかづけば光りやめたり誰かのスプーン

海岸で拾ったものは落とし物なのだろうか?

九月六日（日）

郵便局に行かむと思へどどこにあるゆふやみに赤きポストは立てど

過疎の町では、空き家か人家か、営業中の店か、廃業している店か、瞬時に見分ける勘が役に立つ。

九月七日㈪

ただいまと言へばかすかに揺れをりし揺り椅子止まる　ただいま空き家

微細な光や埃や微細な生き物たちが私が居ない時間を埋めていた気配がある。

九月八日㈫

ざふきんがけしてをり廊下を光らせて父母の生きたる時間の上を

空き家の掃除はすでに私の人生の仕事の一部だ。生産的とも思われないそういう仕事が私自身の心の未整理のために少しずつ増えてゆく。

九月九日㈬

炭酸泉のなかなる身体はあやふくて輝きはじむ泡につつまれ

実家から車で二十分ほどの山中に非常に濃い炭酸泉がある。知る人ぞ知る知らない人は知らない小さな温泉だ。気が遠くなるほど現実離れした時間が過ぎてゆく。蟬が鳴いている。

九月十日㈭

破れたるトタン取りかへ錆びつきしマンホールを替
ふまぼろしのため

家族の幻は頑固に空き家に住んで動こうとしない。

九月十一日㈮

敵陣のやうなる夫のお好み焼き鉄板の上なり醤油を垂らし

東北生まれの夫はなんとしても醤油好きでお好み焼きにも醤油を塗る。醤油と心中しろ、と心の中で思う。向こうは私のことをソースの海で溺れろ、と思っているだろう。

九月十二日㈯

空港は水平線のいくすぢも静もるところ　鷺が飛び立つ

大分から大阪へ。大分空港でビールを飲みつつ飛び立つ飛行機を見る。

九月十三日(日)

かへりくれば不在連絡票ありぬ不在の人とは私のこ
とで

郵便物は局留めにしておくけれど。

九月十四日（月）

締め切りあり　ありがたけれどかなたまで澄みはて
て秋の空あるばかり

子供の頃、八月二十七日から宿題にとりかかっていた。二十七日の午前中にはあと五日ある、と思うことにしていた。

九月十五日㈫

白樫　キリンの好物深閑と公園に茂りキリンはをらず

日常の始まりはまず散歩からだ。いつもの公園へ。

九月十六日㈬

活字から眼をはなすときほぐれゆく鱗雲ありふたたび戻らず

終日活字と格闘。

九月十七日㈭

カシューナッツちからを溜めて皿のうへこんな形の苦しみがある

子供を叱ってそのことを忘れてしまっていた。いつも通り声を掛けると「僕はそんなこと言ってない」と声を絞り出した。子供はまだ全力で叱られていた。

九月十八日㈮

絶対低気圧上空にあるか思ひても思ひても忘れゆく
なり死者を

友のことも、従姉妹のことも、母のことも、そして父のことも。少しずつ少しずつ忘れてゆく。

九月十九日㈯

狸の子一匹あらはれ駆け抜けゆくわが生活の穴から
穴へ

雑木林で育つ狸の子。忘れたころに現れる。

九月二十日(日)

あをあをと秋刀魚光れり硝子器をきのふ壊したわたしのために

年々秋刀魚が獲れなくなり、遠くなる。秋刀魚がいつか食べ物ではなく言葉になってしまうのだろうか。

九月二十一日(月)

焼却炉の煙突かなたに白く立ち全身全霊はたらくしづけさ

この家に引っ越してきた当時、焼却炉の見える風景は絶対嫌だと思った。けれど、だんだん見慣れてきた。そして煙突とも顔見知りになった。

九月二十二日㈫

ゆりかごと思ひみてゐる天の川心愛ちゃんありき結愛ちゃんありき

途方もなく悲しい。

九月二十三日㈬

秋空の一点に座り食べてをり錨のやうな海苔のお握り

お握りというのは不思議な食べ物だ。真っ黒だし、素手で食べる。渡したとか、分け合ったとか、恵まれたとか、物語の中でも重要な場面で出て来る。

九月二十四日㈭

予測され予測どほりに増えゆける自殺率なり蟬声ののち

予測されながら予防されなかった。

九月二十五日㈮

洗ひたる顔あげるたび溺れゐる自分と逢へり鏡のなかに

子供の頃、顔を洗うのが大嫌いだった。死ぬような気がした。

九月二十六日 ㈯

這ひながら葛の花咲ききがつけば葛はサンダル呑まむとしてをり

ポルトガルの若者たちが世界三十三カ国を相手に地球の気候変動対策強化を求める裁判を起こした。彼らは人類に残された時間は極めて短いと告げている。

九月二十七日㈰

仏像のまろやかな足のこと思ふ寝ながら足にこころあつめて

一日歩いた記憶を一晩寝て消す。

九月二十八日(月)

暑熱去りおほきな夫の生足の残りてをりぬ畳のうへに

まあ、とにかくそこにある。

九月二十九日（火）

亡き人の書斎にあかるく閉ぢられぬページはありき曙光のなかに

ゆきこさん、先日は大切な書斎に入れていただいて有り難うございました。あの机にも夏の暑さや秋の風など、たくさんの変化が訪れては去って行くのですね。そうやって亡き人の気配も生きている気がします。

九月三十日㈬

暗がりに音がするなりみえざれど甲虫の艶は五セ
ンチ歩む

「日本はソフトな独裁国家」（マルクス・ガブリエル）

October

十月一日㈭

秋空はくまなく晴れて亡き人は綱渡りしをりはろばろとひとり

竹内結子さん急逝。

十月二日㈮

裏藪の子狸寝たかにんげんに逢はねば毛深く情濃くゐる

人間に逢うより狸に逢う頻度のほうが高い。

十月三日（土）

あの寿司屋にていつか逢はむと言ひあひて十年逢はずウニ、トロが待つ

コロナ禍で畳まれる店があとをたたない。待ち合わせの約束だけが残る。

十月四日 (日)

氷上を滑りゆくやうリモートワーク、リモートワークして誰にも会はず

観客の居ないスケートリンクを思う。

十月五日（月）

山芋を掘り下ろし痒み堪へつつわが手は摑みしものを離さず

子供の頃、父が山芋掘りに連れて行ってくれたことがある。枯れた蔓を辿って芋の位置を確かめ、周りから掘ってゆく。一時間も二時間も少しずつ少しずつ。暗い深い穴の中で芋の微かな白さが浮かびあがってくるまで。

十月六日㈫

夜のビルのガラスのなかに人ひとり働きてをり漂ふ匣に

ビルの中でたくさんの人が残業している風景が過去のものになった。

十月七日㈬

背後霊の話聞きをればわが背後気配して夜の電柱が立つ

私にはたぶん何の背後霊もついていないと思う。背中が冷えやすいし。

十月八日㈭

玉蒟蒻まろまろと照りよく笑ふ友と飲むなり画面抜け出し

お世話になった神楽坂の居酒屋「もー吉」がコロナ禍で閉店することになった。せめて、と集う。本当に久しぶりに逢うことができた友はふっくら柔らかそうで立体で本物。触らせて、と言いたかった。

十月九日㈮

両手もて茶碗を包むことありぬわが心臓を包むかたちに

私が私自身の心臓を見ることはない。

十月十日(土)

怒るわれを怒らぬ息子がみてをりぬ未来からしんと
振り返るやうに

最近の若い人は怒らない。なぜ？

十月十一日㈰

神のやうにわれをみてゐるまなざしのありぬトロ箱に鮟鱇ひとつ

那珂湊の市場へ遠出する。魚市場は表情豊かな場所だ。人間も魚も。

十月十二日(月)

カレンダーに金剛インコ鮮やかなりふりかへるとき
また静止して

見ていない時は何をしているのか？

十月十三日㈫

新聞をひらく音いたく丁寧に夫がゐるなり若き日を終へ

多忙だった頃とは別人になった。

十月十四日㈬

友からの電話につかまりつかまつてゐるかもしれず
蜘蛛の糸に二人

なかなか終われない会話というのがあって。

十月十五日（木）

ざわざわと人うごき初め羽繕ひ触角を磨き明日仕事なり

リアルで人に会う仕事は本当に久しぶり。

十月十六日㈮

疼痛のやうなもの無花果にはあらむうちがはに向きて開きし花に

母は本当は何になりたかったのだろう、と思うことがある。

十月十七日㈯

いつのまに猫去りてまた猫が来るベランダにわれは
ちかづくべからず

そこにあるのに遠い場所というものがある。

十月十八日(日)

子供心といふもの小暗く駄菓子屋に当たり籤引きかがやきたりき

子供の頃、鉄棒ができず、泳げず、走るのも遅かった。だが、一度だけ籤に当たった。景品のなかから一番大きなビー玉を選んだ。

十月十九日（月）

あやふき病乗り越えし友の声がせりあの犀がまたむりむりと立つ

闘病半年。ステージⅣの癌を乗り越えたという電話が来た。

十月二十日（火）

どんぐり落ちどんぐり消えて気がつけば乳母車のやうな陽だまりがある

幸せの感覚は全く唐突に脈絡なく来る。

十月二十一日（水）

アベノマスクや一反木綿やしらじらとあらはれて消ゆ何の兆しか

ホラー映画は現れる前が一番怖い。

十月二十二日㈭

遭難せし植村直己さん冠のごとし時のかなたに聳ゆる雪嶺

三十六年前冬のマッキンリーで消息を絶った植村さん。最後に白い布を振る姿が映されていたけれど、あれはどんな意味だったろう。寒くなると思いだす。

十月二十三日㊎

納豆巻き糸光らせて食べてをり岩棚のやうに陽あたるベンチに

時々公園で御飯を食べる。

十月二十四日㈯

公園の遊具のチューブつらぬきて子供飛び出す花火のやうに

幼い子供に出会うと驚く。

十月二十五日㈰

とんとん、誰かがどこかをノックして内と外とがあるなりこの街

秋のせいか街の音がとてもよく聞こえる。

十月二十六日（月）

一本の滝あるやうに秋の陽をあびてバス待つ瘦身のひと

見知らぬ人は風景になる。見知った人は物語になる。

十月二十七日㈫

海老フライを食べたしと言へば海老といふ生き物を
らずと告げらる夢に

このごろとてもよく眠る。

十月二十八日㈬

組織残りて人間残らず　冬木々はかずかぎりなき粗衣なる羅睺羅

「和を以て尊しとなす」。なんと痛ましい理想だろう。

十月二十九日(木)

吉祥寺駅に落ちてゐるひとつ子供靴拾はれぬまま追憶のなか

昔、吉祥寺のあたりでよく飲み歩いた。ある夜、酔っ払って皆でかくれんぼをした。私は空のゴミバケツに入って蓋をかぶった。しばらくしてそろそろと出てみると、もう誰もいなかった。いや、まだ誰も出て来ていなかったのかも知れない。街灯がかあんと明るかった。

十月三十日㈮

「もー吉」の暖簾、座布団、木の階段思ひ出すべし
美味しかつたと

神楽坂の名店「もー吉」が明日閉店する。エフーディの仲間達と集まった大切な場所だ。

十月三十一日（土）

『ざんねんないきもの事典』角もたず牙なきわれは
立ち読みをせり

来年の手帳を買いにいったのだけれど。

November

十一月一日(日)

バスに乗つて飛行機に乗つてはこぶべし雲のごと形変はるこころを

九州の実家へ。全員がマスクをし、沈黙を守っている機内はやはり異様だ。

十一月二日(月)

カーテンに黄金虫ひとつしがみつき死んでゐるなりただいま空き家

一日目は空き家、二日目は記憶を拾い、三日目は布団を干し、四日目はゴミを出し、五日目に実家になる。

十一月三日㈫

車駆つて逢ひにきたりし磨崖仏ぶつかりくるがに石仏聳ゆ

岩壁に彫られた石仏には長い間いろんなものがぶつかり続けてきたのだろう。猛烈に人好きなMさん、会社を辞めたYさんとともに見上げる。

十一月四日㈬

花《はな》笑《ゑ》みとふ日本酒とろりとろり汲みいづこの地獄へゆかむと話す

別府の夜。坊主地獄に行くことに決めた。

十一月五日㈭

硫黄泉に足からそろりと入りをり誰かのこころに裸で入るごと

大人になってから久しいが人との距離のとりかたには未だに慣れない。ずっとぎくしゃくしたまま老女になりそうだ。それなりに一生懸命なのだけど。

十一月六日㈮

コンビニの灯りともれり猪のぞよぞようごく濃ゆき闇中

ローソンとファミリーマートがこの山中に来た。近所の一人暮らしのおじさんは嬉しくて毎日コーヒーを買いに通っているという。

十一月七日(土)

どんぐりをひとつ山から盗みたりどんぐり盗まれ山は輝く

毎朝散歩する。

十一月八日(日)

わすれられながら微動してをらむ向き合ふ岬に伊方原発

愛媛県の佐田岬と大分県の佐賀関とは豊予海峡を挟んで向き合う。その距離は十六キロあまり。佐賀関で揚がった鯖は関鯖となり、佐田岬で揚がった鯖は岬《ハナ》鯖となる。佐田岬にあるのが伊方原発。

十一月九日（月）

息子にとりてわれの故郷は何ならむ指させば山を消してゆく雲

息子は東京生まれ。

十一月十日(火)

ゲラに書く赤字いびつな花いくつ咲かせて今日の仕事は終はり

共同浴場の休憩室から原稿を送り、橋の袂の食事処正直屋でゲラを見る。

十一月十一日(水)

アメリカも日本も奇怪な国となり壊れたテレビの砂嵐のなか

アメリカの大統領選挙は混迷を極め、日本の国会で奇妙な答弁が続く。
古いテレビの調子悪し。

十一月十二日㈭

秋空のいづこに消えてもよきものを東京行きの飛行機に乗る

そろそろ帰るか。

十一月十三日㈮

局留めの郵便の束大空の鯖雲あつめしごときを受け取る

郵便物を受け取るのは楽しみ。いろいろお返事遅れてごめんなさい。こちらでの活動開始。

十一月十四日（土）

痛み止め飲みしことなき三年を幸ひと呼ぶか置き薬捨つ

無駄なのか、そうでないのかわからないものはいろいろある。

十二月十五日(日)

仕舞ひわすれし扇風機こちら向きてをり突然止まりし夏ひとつある

ゆきこさん、頂戴した御本を拝読しています。若い無邪気な日々の面影が甦ってあまり続けて読むことができません。よく熱中して議論していましたよね。本当に遺作なのでしょうか。

十一月十六日（月）

葡萄買ひ預かるごとく持ち帰る天のものなる重たき臓腑を

桃と葡萄は果物のなかで最も持ち帰るのが難しい果物だ。

十二月十七日（火）

雑巾にせむと思ひしタオルもて顔拭き手を拭き生き延びるべし

タオルを捨てるタイミングがよく分からない。

十一月十八日㈬

うなぎ登り　うなぎが捕まれ捕まれてみづからを逃げてゆく苦しみよ

感染者数がうなぎ登りだという。

十一月十九日㈭

唐突に空《そら》に気づきぬ四十六億年前からそこに広がる空に

地球に原始大気ができたのは四十六億年前だという。その大気には酸素は含まれなかった。徐々に光合成を行う生き物から酸素が放出されて今の大気になっていったらしい。

十一月二十日㈮

朝狸かあんと消え果て夕狸そろそろ気配す隣にゐるか

隣人は人間とは限らない。

十二月二十一日(土)

夜中に叫ぶといふ老義母《はは》の夜はわが夜とどこかで繋がりぎらぎらとせり

働き者で忍耐強かった義母も深く老いた。女達の忍耐はどこかに蓄積されてものすごい鉱脈を作っているはず。できれば金鉱のようなものであって欲しい。

十一月二十二日㈰

麦踏みを見しことなけれど開店前の行列の人足踏みをせり

マスクを求める人の列は消えたけれど、ときどきどこかで何かよく分からない行列ができている。

十二月二十三日（月）

断崖とは客席のこと断崖より俊寛みてをり救ふことなく

国立劇場で「平家女護島」を観る。吉右衛門が俊寛を演じている。俊寛を留まらせた力が吉右衛門の体に宿る。凄い芸。

十一月二十四日 ㈫

糸蜻蛉の交尾あまりにしづかにて睡蓮と吾と消えてゆくやう

公園の池を眺めていると背中を日射しが温めてくれる。ああ、そこそこって感じ。

十二月二十五日㈬

柚子ジャムつくり棚に置くとき音がせりことりと永遠の途中の音が

今年は柚子が豊作。実家で収穫した柚子でいろいろ作った。皮でジャムを、実でリキュールを、種で化粧水を。実を尽きるまで楽しむためには時間がたっぷりと要る。

十一月二十六日㈭

海の向かふの瞳近々と迫り周庭さん収監されたり二十三歳

香港の三人の若い闘士たち。しっかりとこのまなざしを覚えておこう。せめて。

十一月二十七日㈮

誰に会ふこともなければ帽ふかく被りてゆけり紅葉極まり

公園も並木も垣根も凄い色になった。

十一月二十八日㈯

トランプ大統領の渋面に宿り動けざる重さとなりし敗北ひとつ

不可解なような、分かりやすいような。

十一月二十九日(日)

せかせかとバター塗る癖そのままにきづけば総白髪となりて夫ゐる

この人は誰だろう?

十一月三十日(月)

鈴生りの柚子の木の棘ぎんぎんに輝き輝き待ち人は来ず

柚子の棘は本当に硬く鋭くて、いったい何のためだろう?

December

十二月一日(火)

お節料理注文しをり三人の家族をお重に詰めこむ気持ちで

お正月は少し窮屈で、その窮屈さを味わうのがお正月か、とも思う。

十二月二日㈬

やがて来むなにか来むとぞ待つ瞳母はしてゐき逝かむとしつつ

延命治療はしないと決めた。あの決断で本当によかったのか？

十二月三日(木)

かなしみの正体はこれか真夜めざめ画面が追ひゆく
白球見てをり

夜中に目覚めると世界がまだ無事であることを確かめたくてテレビを点ける。なるべく興味のない番組を見て、安心してまた眠る。

十二月四日（金）

水仙を活ければ白い水仙に向かふ側ありわたしはこちらに

いろいろ仕事も用事も片付かない。そういうときほど花屋に寄りたくなる。

十二月五日㈯

ガラス窓すべてひらかれ風のなか紙押さへつつ牧水を読む

集中講義一日目。感染対策のため教室の開放感は抜群。マスクをしコートを着たまま授業する。

十二月六日(日)

ホワイトボードきゆつと鳴らして書き終はる一葉亭
年二十四歳

集中講義二日目。体力勝負だ。

十二月七日（月）

狸のお金ちりくるちりくる落葉《らくえふ》を浴びてあゆみぬ保護色を着て

公園を通る。檪や楢の黄葉はとりわけ見事で、踏むといい音がする。子供達が落ち葉の山に飛び込んでは飛び出す。人間ではないものも時々飛び出す。

十二月八日㈫

気がつけば山茶花ぴしりと咲きてをりこんなにしづかに怒るのは誰

若い女性の自殺が増えているという。

十二月九日㈬

はじまってしまった世界をいかにせむもうお終ひ、と白雲浮けど

「わたしは、ひとりであなたたちの重荷を負うことはできない。あなたたちの神、主が人数を増やされたので、今やあなたたちは空の星のように数多くなった」（旧約聖書「申命記」）

十二月十日㈭

こんなにも追ひつめられしことあるか身を反らせつつ煮えてゆく鱈

山形に住んでいた時期があった。どんがら汁という鱈の料理があって、それに使う鱈はとにかく大きくて立派で、内臓も使える新鮮さだった。地元の友達にごちそうになった。

十二月十一日㈮

妹を知らず　彼女が白衣着て働くあやふき境を知らず

妹はいわゆる医療従事者。

十二月十二日（土）

マスクして雪片のやうにすれ違ふ誰かの痛みに触れないやうに

わたしたちはなぜこうも静かなのだろう。

十二月十三日(日)

黒澤映画に揺れゐしブランコ揺れのこりだあれもゐない公園となる

いつからだろう、「生きる」ではなく「生き延びる」という言葉がしっくり来るようになった。黒澤明の映画『生きる』には戦後の人間肯定に向かう空気がある。最近公開されたアニメ映画『鬼滅の刃』はおそらく「生き延びる」映画だろう。観ていないけれども。

十二月十四日(月)

おーいと呼べばおーいと青空応へたりスマホの電池
切れてしまひて

スマホの電池が切れて絶望する人、いるんだろうな。

十二月十五日㈫

海苔おにぎりの真つ黒きひとつ軽きこと重きことあらむさまざまな手に

若いホームレスが増えているという。

十二月十六日㈬

浮かぶがに冬陽のなかにあるベンチここで誰かが死にてはならず

詩人のHさんはホームレスの女性が殺されたバス停のベンチに何度も通っているらしい。ありがとうございます。

十二月十七日㈭

大葉子さらば冬菫さらば道があり雲が流れてゐるから　行くよ

毎日同じコースを散歩するけれど、もしかすると毎日違うところを歩いているのじゃないか、という気がする。そうするともうとんでもなく見知らぬところまで歩いてきてしまったことになる。

十二月十八日㈮

六歳のわれ六十歳のわれほくほくと焼き芋熱きをかかへて歩く

感染者は増え続け、もうどこにも出歩かなくなった。近所のスーパーへの往復が一日の最大のイベントだ。狭く生きようと思えば生きられる。

十二月十九日㈯

幽閉永き人のやうなる眼して首相あらはるいづこより来し

顔は大事。

十二月二十日(日)

不可思議国日本に最後の印鑑を捺すひとあらむあかあかと強く

家を買うとき銀行からお金を借りるために捺した印鑑は忘れられない。印鑑を微かに左右に揺らしながら捺し終え、ずいぶんな力仕事をしたような気がした。

十二月二十一日㈪

鈴鳴らしてはならぬ新年来るらしき社《やしろ》に神々にわれにしいんと

感染を防ぐためらしい。

十二月二十二日㈫

「お世話になります」と冬空に頭下げるひと空といかなる仕事してゐる

最近突然独り言を言う人が増えたと思ったら、イヤホンで通話しているらしい。

十二月二十三日㈬

抽斗はひとつ空《から》ひとつ思ひ出せぬもの収まりてゐて
クリスマス近し

大掃除というほどではないのだけれど、何かそわそわしてあちこち開いたり閉じたり。

十二月二十四日㈭

木星と土星ちかづきあやふけれ近づきすぎれば殺むることある

洗濯物干し場から見つめている星たち。

十二月二十五日㈮

どこか遠くで私のなかで機を織る音がしてをり雪きざす街に

まず耳を澄まさねばと思う。

十二月二十六日㈯

段ボールあまたゆきかふ人界に開けたり閉めたり心は忙し

宅配便には本当にお世話になっている。しかし、何かに入れなければ運べないのは人間だけ。猿や栗鼠は頰袋があり、カンガルーにはお腹の袋がある。運べないものは持たない、とおおかたの動物は毅然としている。

十二月二十七日（日）

ある人は家族うしなひある猫は家族を得たりスマホを閉ぢる

「家族」って何だ？

十二月二十八日(月)

一円玉を避《よ》けて降る雪こんなにも静かに女ら自死してならず

女性の自殺者八十三%増。(十月)

十二月二十九日㈫

保育器を充たすがにありし冬陽去り忘れ物なりわたしの身体

ゆきこさん、私達に授けられたものは良いことばかりではありません。でも愛おしいものは限りがありませんね。亡くなった犬の居た場所、お土産のマグカップ、姿を変え続ける欅、そして自分より大切なものさえある。このごろ、死が怖いのはこの世が愛おしすぎるからだと思うようになりました。

十二月三十日（水）

餅搗きは追憶のなかにいま忙し亡き人もわれも湯気に消えつつ

丸餅を作るのは本当に忙しい。熱い餅を手で次々に丸めねばならない。母が大きな餅を小さくちぎっては投げるように配る。問答無用。家族のあいだの諍いなど忙しすぎて熱すぎて考えられない。

十二月三十一日(木)

とんとん。明日までに。とんとん。開く扉がひとつあるらし

最後のマッチは、まだ擦らない。

著者略歴

川野里子（かわのさとこ）
1959年大分県生まれ。歌誌「かりん」編集委員。
歌集に『太陽の壺』（第13回河野愛子賞）、『王者の道』（第15回若山牧水賞）。『硝子の島』（第10回小野市詩歌文学賞）、『歓待』（第71回讀賣文学賞）など。
評論集に『未知の言葉であるために』、『幻想の重量——葛原妙子の戦後短歌』（第6回葛原妙子賞）、『七十年の孤独——戦後短歌からの問い』（書肆侃侃房）、『鑑賞　葛原妙子』（笠間書院）など。

天窓紀行 tenmadokikou 川野里子 Satoko Kawano

2021.08.12 刊行

発行人 山岡喜美子

発行所｜ふらんす堂

〒182-0002 東京都調布市仙川町 1-15-38-2F

tel 03-3326-9061 fax 03-3326-6919

url www.furansudo.com email info@furansudo.com

装丁｜和 兎

印刷｜日本ハイコム㈱

製本｜㈱新広社

定価｜ 2000円＋税

ISBN978-4-7814-1402-7 C0092 ¥2000E